# Estrela nua

Maria Adelaide Amaral

# Estrela nua

## Amor e sedução

EDITORA RECORD
RIO DE JANEIRO • SÃO PAULO
2003

Cip-Brasil. Catalogação-na-fonte
Sindicato Nacional dos Editores de Livros, RJ.

A515e Amaral, Maria Adelaide, 1942-
Estrela nua : amor e sedução / Maria Adelaide Amaral. – Rio de Janeiro : Record, 2003
. — (Amores extremos)

ISBN 85-01-06708-3

1. Novela brasileira. I. Título. II. Série.

CDD 869.93
03-1360 CDU 821.134.3(81)-3



Projeto editorial: Veio Libri

Projeto gráfico: Regina Ferraz



Direitos exclusivos desta edição reservados pela
DISTRIBUIDORA RECORD DE SERVIÇOS DE IMPRENSA S.A.
Rua Argentina 171 – Rio de Janeiro, RJ – 20921-380 – Tel.: 2585-2000

---

Impresso no Brasil

ISBN 85-01-06708-3

PEDIDOS PELO REEMBOLSO POSTAL
Caixa Postal 23.052
Rio de Janeiro, RJ – 20922-970

EDITORA AFILIADA

*à memória de Leonor Aguiar*
*que conheci através das histórias extraordinárias*
*que amigos e contemporâneos ainda contam sobre ela.*

*"Mesmo neste caminho que eu não sei aonde leva,*
*as árvores são verdes e frescas como se as alimentasse*
*uma certeza profunda."*

Sophia de Mello Breyner Adresen, *Praia*

Tudo começou numa tarde de inverno e ela dizendo quando entrei:

— Nunca mais apareça vestido de marrom.

Agora ponha-se no meu lugar: a fulana não me conhecia, fazia um frio do cão, ela sabia por acaso se eu tinha dinheiro para comprar outro agasalho?

E foi deitando falação:

— A primeira coisa que você deve saber é que não gosto de marrom.

Um sujeito de colhões daria meia-volta e se mandaria, mas em vez disso continuei parado diante dela, enrolando as partituras e procurando palavras capazes de impressionar bem aquela senhora que não se parecia com nenhuma das senhoras das minhas relações, começando pelo cabelo. Cor de berinjela, acredita? O Rubinho não acreditou.

— Você pirou. Deve ser vermelho-escuro ou azul. Minha avó sempre pinta o cabelo de azul.

— Estou dizendo que é roxo-avermelhado. E a sombra que ela usa nos olhos também. E o penhoar e o esmalte das unhas dos pés e das mãos, juro que é tudo nesse tom.

Eu não estava exagerando, mas a história parecia tão sem pé nem cabeça que não era absurdo o Rubinho pensar que eu tinha inventado aquela mulher.

Até eu, de vez em quando, parava e me perguntava se não estava sonhando ou surtando.

Talvez fosse o efeito da maconha nos neurônios, como o Dr. Drauzio havia mostrado naquela reportagem do *Fantástico*.

Com certeza ele tinha razão. E meu pai também.

E todo mundo que me enchia o saco porque uma vez ou outra eu fumava um baseado, principalmente quando estava tenso, como aliás era o caso ali: eu lá ia saber que ela não gostava de marrom, porra?

Eu disse que tudo começou quando entrei na sala, mas não foi bem assim. O início de tudo foi uma página de classificados da *Gazeta da Lapa*. A folha de jornal envolvia um monte de bananas que a mãe do Rubinho, preocupada com a minha eventual desnutrição, costumava me mandar do sítio. Imediatamente fui atraído por um pequeno anúncio que dizia: "Precisa-se de pianista para acompanhar estrela do bel-canto."

Adivinha o que pensei na hora que li aquilo: "alguém está querendo se divertir às minhas custas". Não duvidava nada que fosse algum cara da banda ou o próprio Rubinho, mas por via das dúvidas, resolvi ficar na minha. Foi só na semana seguinte, quando a dureza apertou, que resolvi ligar para a tal estrela do bel-canto.

— Sobre o anúncio...

— Você deve ser muito inexperiente ou muito ignorante para ligar para uma artista a esta hora da manhã.

Gaguejei algumas desculpas, disse que ligaria mais tarde, e quando achei que fosse bater o telefone na minha cara, ela me deu o endereço da casa.

Agora ponha-se no meu lugar. Você não conhece a dona, está precisando daquele trabalho, o que você faz?

Se apresenta tremendo? Não.

Fuma um. (Foi o que eu fiz.)

Mas aí quando ela veio com aquela história do marrom, o efeito passou imediatamente. E ela ainda por cima arrematou com a seguinte frase:

— Você é mais jovem do que eu esperava.

Não é exatamente o que você gosta de ouvir quando tem dezoito anos.

Sorri sem graça, o rolo das partituras cada vez mais fino, os músculos do corpo retesados, e eu só pensava:

"Vai ser uma merda se ela pedir pra eu tocar. Não vai sair nada. Nem 'Parabéns pra você'."

— Estou falando da sua aparência. Mas afinal ninguém é perfeito — acrescentou, me examinando da cabeça aos pés.

Será que era o caso de dizer que Mozart na minha idade já tinha uma puta carreira de pianista e compositor? Mas eu não tinha o currículo de Mozart, e naquele momento não sabia o que dizer ou fazer.

Em parte porque o penhoar da estrela era longo e sem botões, preso apenas por um cinto e nada mais.

Resumo: toda vez que ela cruzava ou descruzava as pernas, deixava entrever as coxas brancas. E as tais das coxas até que eram bem firmes, e ela não estava nem aí que eu estivesse reparando.

Quer dizer: na primeira cruzada, dei uma olhada, mas depois baixei a cabeça para disfarçar. Sabia lá qual seria o próximo passo?

Talvez ela estivesse nua sob o penhoar, talvez fosse uma velha maluca ou esclerosada: como a minha avó paterna, que no fim da vida tirava a roupa na frente das visitas e dizia obscenidades.

Entendeu o meu receio, não entendeu? Por isso é que eu estava morrendo de vontade de sair dali correndo. Então ela falou:

— Sente-se.

Procurei a poltrona mais próxima, mas quando ia me sentar ela ordenou:

— Na banqueta. Foi para isso que você veio, não foi?

Me senti mais ou menos um verme atropelado por uma motoniveladora, e juro que até hoje não sei como tive coragem de levantar o assunto dos meus honorários.

— Sobre a remuneração... — comecei.

— Você faz alguma objeção em receber seu cachê em moeda estrangeira?

— Não! — respondi prontamente antes que ela mudasse de idéia.

Aí ela informou que me pagaria em dólar e me deu o valor. Fiquei sem fala. Era grana à beça, tanta que me deixou tonto. E em vez de dizer OK e fazer uma expressão satisfeita, optei pela modéstia cretina:

— A senhora ainda não me ouviu tocar.

— Não seja tolo — disse ela, levantando-se.

Tolo era pouco. Eu estava me sentindo um retardado, como sempre acontecia quando me encontrava numa situação vulnerável.

— Por que você disse isso, se não era o que queria dizer?

— Como? — perguntei.

— Que imbecil responderia ao meu anúncio sem as qualificações exigidas?

O caso era o seguinte: eu tinha as qualificações, mas não a inteligência e serenidade apropriadas para o cargo.

Minha autoconfiança havia ficado em casa de meus pais, junto com o carro, os patins, os esquis e tudo que deixei pra trás quando decidi trocar o Direito pelo rock.

Morava sozinho pela primeira vez, e pela primeira vez sentia o desconforto da geladeira vazia, da toalha vagabunda e da bosta do chuveiro que não aquecia.

Sem falar nos telefonemas da minha mãe todos os dias, implorando que eu voltasse para casa.

— Sem chance! — eu dizia.

Mas é claro que ficava me debatendo entre a saudade do conforto e a raiva de não ser levado em consideração:

— Mas, meu filho, você precisa viver tão mal?

— Porra, mãe, não faz assim! Eu preciso investir na minha carreira!

— Que carreira? O que você tem feito desde que saiu de casa?

Foi então que vi aquele anúncio: "Pianista – precisa-se".

Era a primeira oportunidade em meses de ganhar algum dinheiro. Estou falando de grana de verdade e não daquela merda que eu recebia das apresentações da banda em que era tecladista e que mal dava para pagar meu condomínio.

Entende agora por que aquele emprego era tão importante?

Subitamente a estrela do bel-canto perguntou se eu gostava de chá.

Eu odiava chá, mas precisava da simpatia dela. E também queria que saísse da sala: precisava ficar sozinho para relaxar os ombros e me familiarizar com o piano, que felizmente era de boa marca, estava afinado e ocupava metade da sala.

Era um puta piano. E enquanto ela não voltava, exercitei algumas escalas para esquentar e toquei uma peça curta de Mozart para impressionar.

Foi então que percebi que a partitura à minha frente não era de Verdi ou Puccini, mas do Gershwin popular — "The man I love".

— Está surpreso? — perguntou a estrela ao entrar com a bandeja do chá.

— Sim, senhora.

— Não me chame de senhora.

— Como quer que a chame?

— Hilde. Você. Acha que vai conseguir?

— Acho que sim.

— Seu nome é ...

— Carlos Eduardo, mas pode me chamar de Cadu.

— Detesto apelidos e diminutivos. E Carlos Eduardo é o nome de um personagem fascinante de Eça de Queirós — disse ela. — Você leu *Os Maias*?

— É a história de um cara que se apaixona pela irmã, não é?

— Ele se apaixona por uma mulher que depois descobre ser sua irmã.

— Que falta de sorte.

— Por quê? Eu mesma fui apaixonada pelo meu irmão — disse ela abrindo as persianas.

De repente a sala se iluminou com a luz da tarde e pude ver o quadro enorme em cima da lareira: o retrato dela muitos anos mais jovem, com os cabelos escuros presos por um laço vermelho, a mesma cor dos sapatos. O vestido era longo. Longo e preto, a mesma cor das luvas e da bolsinha de cetim que ela segurava na mão. Atrás, um espelho refletia a sua esbelta silhueta.

Não era meu estilo de pintura, mas tinha que admitir: ela tinha sido bonita pra caramba.

— Sou eu — disse ela. — Por incrível que pareça.

Era ela, por incrível que pudesse parecer, embora não houvesse nada em comum entre a dama elegante do quadro e a senhora de cabelos cor de berinjela.

Sobre o piano, o monte de porta-retratos dava conta de diferentes fases da sua vida. Ela estava quase sempre ao lado de um homem, mas o cara nunca era o mesmo. (Qual deles seria o irmão?)

— Mora sozinha? — perguntei no primeiro gole de chá.

— Totalmente. Nem cães, nem gatos, nem pássaros. Mas não espanto os visitantes. E você?

— Também moro sozinho.

— Pelo que depreendi ouvindo seu Mozart, você tem alguma formação clássica.

— Estudei para ser concertista.

— E desistiu por quê?

— Tempo, grana, eu teria que ir embora do Brasil e...

— Foi por isso que desistiu?

— Não. Eu gosto mais de rock.

— Espero que também goste de jazz — disse ela, indicando a partitura de Gershwin.

— Achei que você era cantora de ópera.

— E fui. Mais de câmera do que de ópera. Mas não tenho preconceitos. Essa música vai encerrar o espetáculo — completou.

— Que espetáculo?

— O meu. Não sei quando será, mas saberemos quando estiver pronto — disse ela, subitamente animada.

E comecei a tocar. O início da canção era uma espécie de recitativo e não exigia mais que um acompanhamento simples. Então a voz dela subiu grave, dramática, num belo registro de contralto.

"Someday he'll come along, the man I love...", cantava olhando para mim, os bicos dos seios empinados (eu já disse que ela tinha seios de garota?). Pois é: o corpo não tinha nada a ver com o cabelo e o rosto cheio de rugas. Ela continuava com o corpo da mulher do retrato.

Claro que, se uma coisa dessas acontece, você tem que se abrir com alguém. Claro que saí de lá e fui contar pro Rubinho, e claro que a parte que ele mais gostou foi quando eu disse que ela estava nua sob o penhoar.

— Sem calcinha?

— É.

— E depois? Que aconteceu? — perguntou ele, ansioso.

— Nada.

— Como nada? Ela não te comeu?

— Ela podia ser a minha avó!

— A tua avó tem o corpo dessa fulana?

— Eu não gosto de velha!

— Você acreditou nesse emprego? Está na cara que o piano é pra disfarçar, e uma hora ela vai querer te comer!

— Eu estou fora, Rubinho.

— Pode se preparar, porque é isso que vai acontecer.

— Não vai. Na primeira oportunidade, vou dizer que tenho namorada.

Mas com a Júlia não fiz nenhum comentário sobre a nudez da estrela nem sobre o penhoar de cetim roxo. Sabe o que fiz aquela noite? Levei a Júlia a uma pizzaria e tiramos a barriga da miséria.

— O que é que foi? Está rico? — perguntou ela.

— Arrumei um trampo legal com uma cantora de ópera.

Esperava que a história completa ficasse apenas entre mim e o Rubinho. Não que ele fosse muito discreto, mas eu precisava de um confidente.

No segundo dia, a estrela resolveu me mostrar seus álbuns de recortes.

A maior parte dizia respeito às suas apresentações em Viena, e mesmo não entendendo alemão, constatei que realmente ela era uma celebridade. Ou tinha sido.

Hilde Brandão. Já ouviu esse nome?

Eu também não, mas a quantidade de recortes me impressionou.

— Preciso confessar uma coisa a você. Preferia ter sido cantora da noite a ter feito essa carreira. Mas ainda é tempo. Afinal, a Alberta Hunter tinha mais de noventa anos quando voltou a se apresentar.

Sorri educado. Mais uma vez, não sabia o que dizer.

Que me importavam as frustrações dela? Talvez fosse o caso, para preencher o vazio da conversa, de observar que ela era muito mais jovem que a Alberta Hunter, mas não gostava de mentir.

Para ser franco, nunca fui capaz de perceber as diferenças entre pessoas de sessenta e setenta anos. Quando a gente tem dezoito, todo mundo que passou dos quarenta passa à categoria genérica de "velho". Começando pelo meu pai e minha mãe.

Aliás, ao comentar sobre meu novo emprego com o Cachorrão, me referi à estrela como "velha". Já mencionei o Cachorrão? Ele era o baixo da banda em que eu tocava.

— Velha como? — perguntou ele.

— Rugas, cara de avó. Normal.

Não ia mencionar o corpo, o retrato, a história dela com o irmão e o meu receio de que a qualquer momento ela fosse fazer uma abordagem sexual direta: "Olha aqui, garoto, vamos esquecer esse negócio de piano e passar ao que interessa."

Na tarde seguinte, a estrela começou puxando o assunto da banda. Mas eu não lembrava de ter mencionado que era tecladista. Aliás, eu nem tinha tocado no assunto do grupo com ela.

— Onde costumam se apresentar?

— Numa boate da Zona Leste.

— Já gravaram algum CD ou algum videoclipe?

— A gente ainda não tem todo esse cacife.

— E você acha que vão ter algum dia?

Pronto. Como eu temia, ela aproveitava a primeira brecha para entrar na minha vida. Que saco!

E aí começou a me explicar a diferença entre ser tecladista de um grupo provavelmente medíocre e um pianista de jazz, MPB incluída, para o qual, segundo ela, não havia limitações de espaço e tempo.

— Porque o rock brasileiro, você sabe. Na maior parte dos casos, é medíocre.

— Nem todo rock brasileiro é medíocre — protestei.

— Principalmente aquele que você faz — observou ela com um sorrisinho condescendente.

— Não é dos piores.

— Você não pode se contentar com isso. Tem que ser o melhor, um artista precisa ter sempre como meta a excelência.

Sabe papo de professora velha? Uma merda.

— Vamos trabalhar? — propus.

— Por que está tão incomodado?

— Eu não estou incomodado — respondi.

Mas estava, claro.

— Ainda está em tempo de você se tornar um concertista.

— Eu nunca quis ser concertista! — explodi. — Quem queria era minha mãe. Meu negócio é compor.

— Então você é um compositor?

— Estou tentando.

— Por que não toca alguma de suas criações? — disse ela.

— Você vai achar uma droga.

— Talvez não.

— São outros códigos, é outra época, eu entendo que você não goste de rock — argumentei. (Tinha chegado a minha vez de ser condescendente.)

— Evidentemente, você supõe que a descoberta da vida é uma prerrogativa da sua geração, está de algum modo ligada aos mais recentes progressos da tecnologia, e suas emoções não têm paralelo com as de outras gerações.

— Eu só disse que era natural uma pessoa de idade não gostar de rock...

— Quem disse que não gosto de rock?

— Esquece! — retruquei, impaciente.

— Duvido que você queira ser tecladista de um grupo obscuro.

— Foi o que pintou até agora.

— Isso é conformismo.

— Você acha que é fácil o mundo aí fora? — perguntei.

Ela alisou meu cabelo e começou a rir

— Você ainda não viveu nada, meu caro. Nada de significativo.

— Você está querendo dizer que eu ainda não sofri?

— Quero dizer que ainda não viveu sequer para saber o que quer de fato.

— O que é que você sabe sobre aquilo que eu quero e não quero? A gente mal acabou de se conhecer.

— Tem certeza de que é preciso tanto tempo para decodificar você?

(Eu já estava começando a achar que a estrela me pagava muito pouco para ter que agüentar aquela encheção de saco.)

Sabe qual era a minha vontade quando ela veio com aquele papo?

Ligar pra minha mãe e lhe dizer que ia voltar para casa.

Mas em vez disso fiquei olhando para um ponto fixo do tapete, para me acalmar. Eu precisava ordenar meus pensamentos, controlar o mau humor e estabelecer prioridades, para não perder aquele emprego.

Primeiro passo: fazer de conta que concordava com ela.

Segundo: falar o menos possível.

— É tão penoso conversar sobre isso? — indagou ela.

Não era penoso, era chato.

De alguma maneira, eu tinha que deixar claro que estava ali para trabalhar, não para ouvir conselhos que não tinha pedido.

Para disfarçar minha irritação, comecei a brincar no teclado, misturando acordes da "Marcha Turca" com temas dos Beatles.

Foi então que reparei que a ordem dos porta-retratos em cima do piano tinha sido alterada. Tentei localizar o louro de smoking, mas a foto dele tinha sido recuada, e na linha de frente estava agora um homem grisalho de pele bronzeada que se inclinava galantemente para Hilde. Seria o irmão?

— É um velho amigo — disse ela. — Um pouco fútil, mas uma companhia maravilhosa.

(Eu não tinha perguntado nada, porra!)

— Quer examinar o programa do espetáculo? — perguntou ela, colocando um maço de partituras à minha frente.

Eu não conhecia quase nenhuma das músicas, mas à medida que ela ia passando de um título para o outro, resolvi emitir sons de aprovação.

— Cada uma dessas canções está relacionada com a minha história. Marcaram momentos importantes e foram o tema musical de meus romances.

Será que todos aqueles caras dos retratos tinham sido amantes dela? Mas eu não podia ser tão direto.

— Quantos maridos você teve? — perguntei.

— Nenhum. Cheguei a manter uma relação bastante longa, mas nunca me casei.

— Ele está aí? — perguntei, referindo-me às fotos sobre o piano.

— Não, ele nunca foi fotografado. Não estava de passagem como os outros, e eu não tinha pressa. Quando me dei conta da lacuna, ambos tínhamos perdido a fotogenia.

Olhei para Hilde e tentei imaginá-la sem o feixe de rugas no canto dos olhos, as linhas profundas na testa e as comissuras dos lábios.

Não bastava olhar para o quadro sobre a lareira para saber como era. Aquela era outra mulher.

A estrela do bel-canto era uma velha, e me parecia que fora sempre assim. Você entende? Ficava difícil imaginá-la jovem e sedutora, sentindo e querendo como eu as coisas próprias da juventude.

Claro, isso era uma tolice construída a partir do fato de que nem minha mãe nem minha avó costumavam comentar sobre sua vida sentimental e sexual.

Quando olhava para elas, via-as como funções, entidades, seres destituídos de vaginas, como as bonecas e os manequins.

Mas ouvindo Hilde se referindo aos seus "homens", ocorreu-me que a minha mãe também podia ter algum caso com o gerente do banco, o dentista, o ginecologista, o porteiro. (Não, o porteiro não!)

— Toque alguma coisa sua — disse Hilde.

Aí toquei a primeira música que compus, e para minha surpresa ela achou muito boa.

— Você não devia parar de compor.

— Não parei. Só estou dando um tempo — respondi, espantado.

Durante um período, eu compus bastante. Mas de repente desanimara. Só que eu não havia comentado isso com ela.

Entendeu agora meu espanto? Afinal, quem era essa fulana?

Uma bruxa que sabia da minha vida, lia meus pensamentos, e, mais do que isso, podia antecipá-los?

E depois havia o corpo que não tinha nada a ver com o rosto, aquele corpo sob o penhoar de cetim roxo se movendo tão próximo, que dava para sentir o cheiro dela. Não era bem perfume. Parecia mais sabonete. Nem a Júlia cheirava tão bem. (Aliás, às vezes a Júlia fedia.)

É o seguinte: conhece a história do *Retrato de Dorian Gray*?

Eu também não conhecia, mas depois, quando vi o filme, achei que era uma história praticamente igual.

Não que a Hilde fosse sacana. Era só muito estranha.

— Qual deles é o seu irmão? — perguntei um dia.

— Aquele — disse ela, indicando um cara louro. — Era um homem belíssimo, e na cama um amante ardente e generoso.

Você teria coragem de falar isso do seu irmão?

Irmão é irmão, amante é amante, porra!

E ela se divertindo com o efeito que a revelação tinha causado em mim. Qual era a da velha? Me escandalizar?

Mesmo que fosse verdade, ela tinha que abordar o assunto com mais pudor.

Imediatamente comecei a tocar "For all we know" para lembrar à estrela que estava ali para trabalhar.

Naquela noite, resolvi fazer a vontade de minha mãe e fui ao jantar de aniversário do meu velho, durante o qual naturalmente ele reiterou que eu não veria a cor da sua grana enquanto persistisse na "insânia" de ser roqueiro.

— Não preciso do seu dinheiro. Estou trabalhando — informei calmamente.

— É bom que seja em alguma coisa legal; não conte comigo para te tirar da cadeia!

— É legal. É até bem legal — respondi, divertindo-me com o efeito que minha informação tinha causado.

Meu pai era o seguinte: torcia por mim a maior parte do tempo, mas queria que eu me fodesse e voltasse para casa.

(Uma coisa eu tinha que admitir: Hilde começava a ter sua utilidade.)

Não sei se foi isso — ver o velho perder o primeiro *round* — ou ter contado com o apoio da minha mãe quando expliquei que estava preparando um recital para uma cantora lírica, ou se foi tudo: o fato é que saí da casa deles com uma puta vontade de compor. E foi o que fiz. Depois, transei com a Júlia até o amanhecer.

— Hoje você parece muito feliz — observou Hilde quando entrei.

— Muito — disse eu, abrindo a partitura e esfregando as mãos com vontade de trabalhar. — Escute isto!

E comecei a tocar a minha nova composição. O tema surgira no ônibus para casa, inteiro, nunca tinha me acontecido de colocar uma música no papel com tanta facilidade.

— Isso merece um brinde — disse ela.

— Gostou mesmo?

— Adorei! Quem vai escrever a letra?

— O vocalista do grupo.

— Ele é bom poeta?

— Acho que sim.

— Se fosse você, não seria tão reticente. Talvez nem seja bom vocalista — disse ela, estendendo-me uma taça de vinho tinto.

Fiquei pensando se devia aceitar. Por um lado, achava prudente me esquivar desse tipo de familiaridade, mas pela primeira vez me sentia à vontade com a estrela. É claro que peguei o copo e brindei com ela.

— Ao seu talento! — propôs.

— Do que é que você mais gostou na minha música? — perguntei.

— Da melodia. É uma qualidade rara no rock que se faz atualmente.

— Isso é tão importante?

— É a melodia que faz as pessoas saírem cantarolando uma canção.

— O pessoal da banda não se importa com essas coisas.

— Por isso eles se apresentam numa boate chinfrim da Zona Leste.

Chinfrim. Não era nem preciso conhecer essa palavra para saber o que significava. Não é que só tivesse boate ruim na Zona Leste, tinha até umas boates legais. Mas onde a gente se apresentava era uma merda.

— Você nunca cantou num teatro chinfrim? — perguntei.

— Um teatro nunca é chinfrim. É sempre um espaço sagrado.

O que eu estava querendo dizer é que nem sempre a gente pode escolher os lugares onde se apresenta. Principalmente quando está iniciando uma carreira.

Eu não me incomodava de começar por baixo, só não queria terminar como ela.

Já falei como era a casa? Não tinha nem portão.

Qualquer um entrava no jardim. Gatos, cachorros, mendigos.

As persianas estavam caindo aos pedaços, e havia janelas que só tinham uma folha.

Decadente é pouco. Por fora e por dentro. Na parede em frente ao piano havia marcas de mofo que ela disfarçava com cartazes de suas antigas temporadas.

Era possível que ela estivesse vendendo aos poucos seus objetos de valor para se manter, e quem sabe até para me pagar.

Morria de vontade de lhe perguntar se tinha família ou amigos a quem pudesse recorrer em caso de necessidade. Ela me parecia tão sozinha.

Você entende? Eu estava começando a me afeiçoar. (O que não impedia que eu segurasse a vontade para mandá-la às vezes pra puta que pariu.)

— É uma ilusão você achar que faz parte desse grupo. Você não pertence a grupo algum. É apenas um garoto assustado com o próprio talento.

— Por que está me dizendo todas essas coisas? — perguntei, de saco cheio.

Eu me sentia muito bem na banda, gostava de tocar, o Rubinho e o Cachorrão eram meus amigos, a Júlia era minha namorada, por que ela insistia em desorganizar a minha vida?

E não era justo que me chamasse de medroso. Eu tinha saído de casa para fazer música, encarando a fúria do meu pai e a choração da minha mãe. (Pensa que é fácil? Não é!)

— Você deu um grande passo, mas há outros mais importantes para dar.

— Desculpe a pergunta, mas você é vidente ou algo assim?

Ela deu uma gargalhada.

— Todo mundo é vidente, menos aqueles que, como você, padecem de algum tipo de cegueira.

— Você está dizendo que eu sou cego?

— Estou dizendo que você é medroso — disse ela, virando as costas e dando o nosso trabalho por encerrado.

A estrela era assim. Eu nunca sabia o que esperar. Num momento me servia vinho e brindava o meu talento. Noutro, insinuava que eu era burro e me mandava para casa.

Falando em talento: minha composição não impressionou o vocalista, nem ele achou que fosse o caso de escrever uma letra.

— Será que é tão ruim? O que é que vocês acham? — perguntei ao pessoal, inclusive a Júlia, que era a empresária da banda, e portanto parte interessada.

— Sei lá, é meio antiga...

— A velha achou do caralho.

— Foi o que eu disse: é antigona.

O Rubinho e o Cachorrão olhavam um para o outro e não disseram uma palavra em minha defesa.

A estrela tinha razão: a cegueira pode ser provocada por várias coisas. No caso deles, pela ignorância.

No meu caso, pelo medo, que naquela noite se misturava perigosamente com a arrogância: a estrela havia praticamente me convencido de que eu era um gênio. Agora o pessoal me achava um merda.

A razão evidentemente estava com ela.

No fim do ensaio, Júlia se propôs a escrever uma letra para a minha música e batizou-a de "Rock da velha".

— Não. Melhor "Rock da estrela" — falei.

— A letra é indigente — disse Hilde quando lhe apresentei a música pronta. — Pena que meu irmão não esteja aqui para ajudá-lo.

— Ele é poeta?

— Era. Dos melhores.

— Tem algum livro publicado?

— Ele não ia se dar a esse trabalho — disse ela, abrindo a partitura à minha frente.

O que será que o cara fazia na vida além de escrever poesia?

(Pela máquina fotográfica pendurada no ombro, devia se dar bem.)

A música daquela tarde era "Night and day", tinha um longo prólogo, mas a estrela gostava especialmente das canções com recitativo inicial, e eu começava a me divertir com a sua interpretação. Ela não economizava gestos e modulações, e fazia uma espécie de suspense no momento em que a canção de fato começava.

— Esta é uma composição feliz de um homem feliz. Conhece Cole Porter?

— Conheço. Meu pai sempre escuta o Frank Sinatra.

Meu pai. E na mesma hora pensei na minha mãe, que devia estar sentida comigo: desde aquele jantar de aniversário não tinha ligado para ela.

(Eu me poupava, compreende?)

Porque, toda vez que telefonava, ela insistia em me dar o relatório da sua última discussão com o velho por minha causa.

Sabe mãe que bota pano quente e apela para os teus bons sentimentos?

Chantagista talvez seja um pouco forte, mas ela sempre dava um jeito de dizer que a saudade e a preocupação estavam prejudicando a saúde deles, "o coração do seu pai, a minha enxaqueca", os achaques de sempre viravam imediatamente doenças crônicas ou fatais.

Naquela época, eu só ligava de telefones públicos, e tinha o cuidado de avisá-la que o cartão estava acabando, para reduzir o tempo das lamentações.

Mas mãe é mãe. (Já percebeu como elas se adaptam bem a qualquer circunstância?)

Quem disse que ela precisava de tanto tempo? Em três minutos conseguia vomitar as suas reclamações com a velocidade de locutor de turfe.

Eu adoro minha mãe. Adoro. Mas gostaria que ela me desse força. Do tipo:

— É isso aí, meu filho! Siga em frente!

No fundo, como meu pai, ela queria me ver engravatado, sobraçando autos de processos e dedicando meu tempo a coisas mais úteis e rentáveis. Mas, ou porque me amasse muito, ou porque intuía que eu estava no caminho certo, adotava aquele tom de aceitação restrita:

— Eu espero que você saiba o que está fazendo.

Ou:

— Siga sua vocação, mas não destrua sua vida!

E se a banda tivesse a mesma sorte do Sepultura e fizesse uma puta carreira internacional?

Roqueiro de sucesso ganha mais dinheiro que advogado, desembargador, procurador da República e ministro da Justiça.

Estou falando essas coisas porque era essa a carreira que meu pai sonhava para mim. E quando me aposentasse receberia o último salário integral.

O velho sonhava em se aposentar desde o dia em que começou a trabalhar.

E eu sonhava que a minha mãe fosse a Mara Cavalera e colocasse o nosso grupo no topo do *hit parade* norte-americano.

Mas ela só gostava dos Beatles e dos Rolling Stones.

Fora isso, gostava de promover grandes eventos familiares e tinha um absoluto controle sobre tudo que dizia respeito às pessoas das suas relações.

Quando eu era pequeno, morria de inveja do filho da vizinha, porque a mãe dele era gerente de banco.

Se a minha mãe trabalhasse fora, a gente seria mais feliz. (Inclusive ela.)

— Qual é a freqüência dos ensaios do conjunto? — perguntou Hilde.

— Toda noite.

— Onde é que vocês ensaiam?

— Na casa do Rubinho, que tem um salão no fundo. Ele é o baterista — expliquei.

— Você não parece muito animado.

— Eles são legais.

— Por que não os convida para ensaiar aqui?

— O quê?! — exclamei, quase engasgando de espanto.

— Por que não?

— Porque, porque... por causa do equipamento! — desculpei-me.

Imagina o Cachorrão arrotando estrepitosamente, o Rubinho tirando caca do nariz, o vocalista cheio de tatuagens e a Júlia cheia de piercings.

Mas a questão não era só essa. Eu não queria magoar a estrela dizendo que tinha vergonha de apresentá-la aos meus amigos.

Já pensou o Cachorrão tentando descobrir se ela usava calcinha embaixo do penhoar?

Sem falar que a Júlia ia implicar com os cabelos cor de berinjela.

Em resumo: a estrela ia alimentar as piadas do pessoal durante seis meses, sem mencionar as gozações de que eu seria vítima.

E ainda por cima teria que agüentar o ciúme da Júlia.

Não é que a galera não fosse boa gente, mas em grupo era jogo duro.

A Hilde estava fora das especificações.

E pior: eu também.

Então expliquei que o nosso equipamento exigia uma instalação elétrica toda especial:

— É muito complicado.

— Você faz as coisas complicadas, meu rapaz.

Abaixei a cabeça e alisei o teclado. No fundo, sabia que não tinha conseguido enganá-la.

— Belo piano — observei.

— É seu — disse Hilde.

— Meu? — perguntei, espantado.

— Não quer?

— Não é isso, eu quero! Ou melhor: não sei — gaguejei, tentando entender por que ela estava me dando aquele presente.

Um Steinway de cauda inteira. Eu nem teria onde colocá-lo.

— Eu moro numa quitinete, não cabe, e mesmo que coubesse não conseguiria entrar nem pelo elevador nem pela janela.

— Quando eu disse que era seu não estava sugerindo que você o levasse hoje e muito menos para a sua quitinete. Ele pode ficar aqui até o dia em que possa vir buscá-lo.

O que é que você faria em meu lugar?

Eu fiquei desconfiado com a extravagância do presente.

Não se dá um Steinway a uma pessoa que a gente mal acabou de conhecer.

Não achava correto aceitá-lo, mas não ia lhe dizer isso naquele momento. (Talvez jamais precisasse dizer.)

— Há quanto tempo está com você? — perguntei, referindo-me ao piano.

— Desde que nasci.

Eu não sabia o que dizer.

— Não é preciso dizer nada — disse ela, apertando minha mão.

Você acredita? Ela respondeu como se soubesse o que eu estava pensando. Era ou não era estranho?

E aquele negócio dela apertar a minha mão: há formas e formas de apertar a mão. Ela apertou suavemente, mas pondo intenção.

Eu tinha certeza de que a intimidade que estava se estabelecendo entre nós dois ia dar cagada. O jeito como olhou pra mim! Uma menininha, uma adolescente.

(Era constrangedor.)

Isso foi o começo. Na sessão seguinte, ela apareceu pintada.

Rímel, batom, sombra, essas coisas.

E em vez do penhoar de cetim, estava usando um vestido rosa. De festa. Dos ombros caíam uns panos em tom mais escuro. Nada a ver.

— Espera alguém? — perguntei.

— Você — respondeu ela, com uma voz mais grave que o habitual.

(Sabe a famosa voz de cama?)

"Eu ou o Boris Karloff?", pensei.

Hilde era uma fantasmagórica aparição, uma personagem de filme antigo de terror. E me recebia com uma expressão coquete e uma garrafa de champanhe dentro de um balde de gelo.

Só vendo para crer.

— Você está muito elegante — falei. (Tinha que falar alguma coisa, não é?)

— É um modelo Schiaparelli — explicou ela, dando uma voltinha de modelo.

— É mesmo? — disse eu, admirado.

Na verdade, não fazia a menor idéia de quem fosse Schiaparelli, mas tinha que escolher as palavras com muito cuidado, ser amável e respeitoso, e mais: não deixar escapar nenhuma palavra que pudesse ser interpretada como um estímulo.

— Champanhe? — perguntou ela.

— Não, obrigado — disse, casual. — Qual vai ser a música desta tarde? — perguntei, abrindo o *meu* piano.

(Será que se eu tivesse recusado o presente, ela se sentiria tão encorajada em me seduzir?)

— Não esperava trabalhar esta tarde — disse ela.

— Você não tem que preparar seu show? Não é por isso que estou aqui?

— Acha mesmo que é por isso que está aqui?

— Por que você me paga?

— Eu devolvo a pergunta: por que acha que eu pago você?

Eu estava confuso. (Você não estaria?)

Ainda mais porque tudo isso tinha sido dito com um sorrisinho muito sacana.

— Se a gente não vai trabalhar, não há razão para continuar gastando seu dinheiro comigo — respondi. (Você já ouviu alguma coisa tão babaca?)

— Eu determino a natureza dos serviços que você me presta — disse ela, abrindo a garrafa de champanhe.

— Desculpe, mas só sei tocar piano.

— Não seja tão modesto.

E sorriu para mim sem sacanagem.

— Hoje é dia do meu aniversário.

Aí, cara, fiquei morrendo de pena.

Olhava para Hilde naquele vestido que já tinha conhecido dias melhores, o batom se espalhando pelas comissuras labiais, as pálpebras azuladas quase cobrindo os olhos, e pensei em todos aqueles homens das fotos.

Era uma puta sorte terem sido poupados de assistir à sua decadência.

— Deve ser bom ter vivido tão intensamente — disse eu, referindo-me aos porta-retratos, aos recortes e ao vasto repertório de suas memórias.

— Eu continuo vivendo intensamente — disse ela, sorrindo.

É o seguinte: envelhecer todo mundo envelhece, mas você não espera que uma pessoa daquela idade resolva fazer um joguinho de sedução.

E mais: que acalente esperanças a seu respeito.

Por mais absurdo e improvável que fosse o objetivo dela, não havia dúvidas: eu era parte dele.

— Acho que vou aceitar uma taça de champanhe — falei, para ganhar tempo.

— Bom menino! Não há nada mais deprimente que beber sozinha.

— Que tal uma música bem-humorada hoje? — sugeri.

— Lá vem você com o trabalho!

— Afinal, sou ou não sou o seu pianista? — disse com voz esganiçada. — Que tal a gente rever "Night and day"? "Like the beat, beat, beat, of the town"... — e comecei a martelar o piano.

— Vá embora — disse ela.

(Será que estava me dispensando naquele dia ou para sempre?)

A expressão no rosto de Hilde não deixava dúvidas: ela estava magoada comigo.

— Mas não são nem cinco horas... — argumentei.

— Não importa.

— Eu disse alguma coisa que ofendeu você...?

— Pode ir. Vá.

— E amanhã? — perguntei, sem graça.

— Chegue no horário — disse ela, estendendo o envelope com os meus honorários.

Juro. Se não estivesse com o aluguel e o condomínio atrasados, jogava o envelope na cara dela e não voltava nunca mais.

Mas estava indo embora porque ela tinha mandado e ia voltar no dia seguinte porque precisava de dinheiro.

O fato é que, quando você é duro, também fica mais difícil ser digno.

O negócio era engolir o orgulho e o sapo.

— Até amanhã — respondi.

(Era isso ou voltar para casa dos meus pais com o rabo entre as pernas.)

Mas continuava com pena dela.

— Você vai passar o seu aniversário sozinha? — perguntei.

— Eu nunca estou sozinha — disse ela, virando as costas.

— Desculpe — murmurei na porta.

— Não — disse ela, sem se voltar. — Não desculpo.

Naquela noite, não consegui dormir. Pensava na Hilde e passava e repassava a tarde anterior, para ver em que momento tinha sido grosso com ela.

Enquanto rolava na cama, minha namorada dormia a sono solto. A gente não tinha transado, nem ela nua ao meu lado me dava tesão.

Mas bastava imaginar a estrela ali pelada para ficar excitado.

E foi nessa condição que fiz amor de manhã cedo com a Júlia.

— Qual é? Resolveu trepar comigo agora de olhos fechados?

Se eu dissesse a verdade, Júlia ia achar que eu devia ser internado.

E não era difícil que eu estivesse ficando meio esquizofrênico.

O fato é que eu precisava organizar minha cabeça e dizer francamente às pessoas que minha vida estava um caos desde que tinha conhecido a Hilde.

E ia começar tendo um papo franco com ela mesma.

— Você é uma pessoa muito diferente das pessoas que eu conheço.

— Você não conhece ninguém. Nem a você mesmo.

— Eu quero deixar claro que, apesar de esquisita, tenho o maior respeito por você.

— Não, você tem medo de mim.

— Por quê? Você não tem medo de nada?

— Felizmente, o medo sempre foi inferior à minha curiosidade.

— Você está dizendo que não sou curioso?

— Estou dizendo que não gosta de arriscar.

— Muito bem. Eu subo para o seu quarto, transo com você, e depois?

— Você é muito tolo se imagina que essa é a questão.

— E qual é a questão? Romance?

A estrela começou a rir. (Será que sabia que eu tinha trepado com a Júlia pensando nela?)

— Afinal, o que você quer? — insisti.

— Parceria. Isso não tem a ver com sexo nem com romance, mas com outra natureza de afeto, ou de afetos. Eu quero um tipo de relação que não necessita de palavras nem de grandes gestos. Quero que a gente se entenda por música, no sentido figurado e no sentido literal. Quero um pianista que não abaixe a cabeça nem desvie os olhos quando estou cantando o amor, quero um olhar cúmplice, a solidariedade, a empatia, a generosidade, quero que você não tenha vergonha de sentir o que estou sentindo, e que você viva o que estou vivendo enquanto dura a canção.

— Se é só isso, posso tentar...

— Este jogo não comporta tentativas. A única regra é se entregar.

Assenti, com os olhos fixos no teclado.

— Olhe para mim. É para mim que você deve olhar.

— Que mais devo fazer além de ficar olhando para você?

— Seja gentil — disse ela. — Seja gentil — repetiu ela, junto ao aparelho de som. Logo depois, o piano de Oscar Peterson encheu a sala.

Conhece Oscar Peterson? Eu nem sabia quem ele era, pode acreditar?

Como é que um cara que toca piano pode desconhecer esse sujeito?

(Essa foi a pergunta que ela me fez quando eu perguntei quem tocava).

Naquela tarde, ficamos escutando pianistas de jazz, sob o pretexto de que isso seria útil para o "nosso espetáculo".

E como todo o nosso mal-estar se dissipara, tomei coragem de perguntar se era verdade aquela história do caso com o irmão.

— O que você acha?

— Acho que você gosta de me chocar.

— Você nunca teve vontade de ir pra cama com a sua irmã?

— Isso é incesto! — protestei.

— Por que não admite o impulso antes de pensar na sanção?

— Minha irmã é muito pequena.

Eu não me lembrava de ter dito que tinha uma irmã, mas resolvi contar que uma vez tinha sonhado que estava transando com a minha mãe.

— Só uma vez?

— Não, várias. Mas acordei mal. Porque não está certo, porque...

— Porque, porque... — repetiu ela, divertida.

— Mesmo entre os índios, o incesto é tabu.

— Eles não conhecem os métodos de contracepção.

— É errado, de qualquer maneira.

— Mais alguma declaração, meu senhor?

— Por que você defende o incesto?

— Defendo apenas o direito de as pessoas se deitarem com quem lhes apetecer. E você faria melhor se pensasse com mais independência.

— Desculpe, mas essa foi a educação que recebi na minha casa.

— Nem sempre os mais velhos têm razão.

— Exceto você.

— Eu só sou responsável pela minha vida.

— Então por que fica aí cagando regra?

— Estou apenas discordando de você.

Ia longe a hora em que costumava ir embora, e nada daquela vontade de sair correndo. Não tinha urgência de nada. Podia ficar ali a vida inteira discutindo com ela e ouvindo Oscar Peterson.

(Mas havia prometido a Júlia que a levaria ao cinema.)

— Preciso telefonar — falei.

— Eu não tenho telefone — disse ela.

— Nós conversamos pelo telefone, lembra-se? O anúncio. Havia um número para onde liguei, e você atendeu.

— Não tenho mais telefone — interrompeu ela. — Nem televisão, nem rádio, nem leio jornais — completou, enquanto fechava as persianas.

— Você vendeu para me pagar?

— Eu tenho o hábito de me desfazer de tudo que me incomoda.

(Era a hora de esclarecer um ponto que me preocupava.)

— Desculpe a intromissão, mas você vive de quê? — perguntei.

— Eu vivo muito bem, e você é muito amável por se preocupar com o lado material da minha existência. A questão é que não há nada de novo lá fora, nem ninguém para quem eu queira telefonar.

— Como não há nada de novo lá fora? — protestei.

— Nada de novo sob o Sol, meu jovem.

— Sabe que às vezes eu acho que você é maluca?!

— Que medo, hein?! — caçoou ela.

— Não tenho mais medo de você — falei.

Não era inteiramente verdade, mas o piano de Oscar Peterson me deixava corajoso.

— Se não tem mais medo de mim, então posso ficar à vontade.

E aí, imagina o que ela fez? Tirou o penhoar e ficou pelada.

(É isso que você ouviu.)

E eu só pensando:

"O que é que eu faço agora? Continuo olhando para ela ou abaixo a cabeça e faço de conta que não está acontecendo nada?"

— Não gosta do que vê? — perguntou ela quando eu desviei o olhar.

— Hum-hum — assenti.

— Diga isso olhando para mim.

— Seu corpo é muito bonito.

Bonito era o corpo da Júlia. O da Hilde era magnífico. Os seios, já falei dos seios dela? Durinhos, empinados. E a bunda também. E a pele, lisinha e macia, com o cheiro dela. E eu ali morrendo de tesão.

Se uma mulher de repente fica nua na tua frente, você supõe que ela está querendo transar. Pois é. No caso dela, não.

— Vamos trabalhar? — perguntou ela, abrindo a partitura à minha frente. — "Body and soul" parece bem apropriada.

Você acredita? Na hora em que eu pensei que ela fosse se jogar no sofá e me seduzir, ela fez o quê? Resolveu cantar.

Agora imagina a cena. Com aquela mulher nua ao meu lado eu tinha condições de tocar?

O corpo da Hilde me perturbava demais para eu tocar como se nada houvesse. E ela ainda se apoiou no piano e sorriu sacana, os mamilos apontados para mim, a pele cheirando a sabonete.

O que é que um sujeito normal faria naquele momento?

Agarrava a fulana e transava com ela em cima do piano.

Eu queria lambê-la, chupá-la, beijá-la todinha. Já via a estrela gemendo de prazer, querendo mais, mais, o corpo arqueado, minhas mãos no entusiasmo jogando todos aqueles porta-retratos no chão.

O que aqueles caras estavam fazendo ali?

Não havia mais lugar para eles.

Tinha chegado a minha vez.

— Pense na nossa parceria, toque com a alma!

Mas eu olhava para ela e só pensava em fodê-la em todas as posições.

E à medida que ela cantava, meu pau penetrava em todos os orifícios do seu corpo, ascendia e mergulhava em suas profundezas. Eu ia gozar, ia gozar, pelo amor de Deus, agora não!

— Não! — gritei, tocando errado o acorde para disfarçar.

Tarde demais.

— Que aconteceu? Você estava indo tão bem...

— Eu me desconcentrei.

Besteira ter inventado essa do acorde. Você acha que ela não percebeu o que estava acontecendo?

— Viu como conseguiu? — disse ela, sorrindo. — É assim que eu quero que você faça sempre.

(Do que ela estava falando? Do meu tesão ou da minha *performance*?)

Eu não tinha a menor noção de como havia sido a minha interpretação. Não tinha percebido sequer que o fim da canção coincidira com o meu orgasmo.

Sim, eu tinha ejaculado durante as minhas fantasias sexuais com a estrela do bel-canto.

— E então, já comeu a velha? — perguntou o Rubinho.

— Não.

Como dizer a ele que foi como se tivesse comido?

— Qual é o problema de transar com a velha? Apaga a luz e finge que ela é a Júlia.

"Ela é muito mais gostosa e cheirosa do que a Júlia", tive vontade de dizer.

— Não sei por que você está com tanta frescura. Ela não te paga bem?

— Paga.

— Então?...

— O que é que você faria no meu lugar?

— Comia pra valer.

— Vontade não faltou.

Então contei tudo. A nudez, a minha excitação, o vexame da ejaculação. Isso não podia ter acontecido, porra.

Eu tinha que ter tido um comportamento profissional.

— O pior você não sabe. Perdi o tesão pela Júlia. Só dá pra transar com ela pensando na Hilde.

— Quem é essa tal de Hilde?

— A cantora, Rubinho — respondi.

Não conseguia mais me referir à estrela como "a velha", você acredita?

Aí desandei a descrever o corpo dela, seios, coxas, bunda, os pentelhos, a barriguinha.

— Barriguinha, como?

— Chatinha, sem um pingo de gordura.

— Sabe o que eu acho? Ela tá te possuindo.

Era como naqueles filmes de terror, explicou Rubinho, em que o sujeito passava a obedecer ao comando de uma mente perversa.

— Tem que resistir, cara, se não, vai acabar virando zumbi.

Eu tinha que ficar atento.

— Desculpe o atraso. O trânsito está terrível hoje.

A estrela comprimiu os lábios e sorriu ironicamente.

Ironicamente não. Era um tipo de sorriso de quem foi e já voltou dez vezes, entendeu?

Era hora de falar no trânsito?

Não.

Resumo: me senti um babaca.

Felizmente, naquela tarde ela não estava nua.

Preocupado com a possibilidade de virar um zumbi, tinha pedido ao Rubinho que me desse uma carona até a casa da Hilde. Por via das dúvidas, também achei estratégico convidar a Júlia para que a estrela do bel-canto soubesse que eu estava interessado noutra pessoa.

Quer dizer: não estava mais, mas fiquei dando uns amassos nela dentro e fora do carro, a fim de que não restasse a menor dúvida.

Naturalmente, esperava que a Hilde estivesse espiando.

E naturalmente estava mesmo.

Então aquela história do trânsito era uma puta mentira barata.

— Por que não convidou a sua namorada para entrar?

— Ela não quis. E nem eu, para falar a verdade.

— Por quê?

— Isto é trabalho, não visita social.

— Sua namorada tem ciúmes de mim?

— E por que ela deveria ter ciúmes de você?

— Você está fazendo amor com ela pensando em mim.

Eu estava bestificado.

Minha vontade era bater em retirada, cortar o acesso dela aos meus pensamentos, impedir que comandasse a minha mente.

Sim, o Rubinho tinha razão: a estrela me possuía.

(Precisava procurar um centro espírita, uma benzedeira, um pai-de-santo.)

Eu estava puto. Como é que uma fulana vai se intrometendo nos meus pensamentos? E o direito à minha privacidade?

— Vamos lá. Afinal não é tão grave, parceiro — disse ela, compreensiva.

— É sim! É muito sério. Eu acho que você tem poderes paranormais.

— Não. Você é que é óbvio.

— Óbvio, burro e o que mais? — perguntei, irado.

— Por que está tão tenso?

— Por que ficou pelada ontem? Qual era a sua?

— Pensei que você tinha gostado.

— Não é esse o ponto! Qual era o seu objetivo? Exibir seu corpo, me deixar excitado? O que você queria provar?

— Um homem jamais compreenderá uma mulher — disse ela, rindo.

— Principalmente quando há cinqüenta anos de diferença entre eles — tive coragem de falar.

— Às vezes, você é muito mais velho do que eu.

— É provável. Vamos trabalhar? — propus. E comecei a tocar, profissional e decidido. Naquela tarde não haveria Oscar Peterson, nem vinho tinto, nem crônicas de antigos amores, nem discussões sobre incesto.

— Qual é a música de hoje?

— "My old flame" — disse Hilde atrás de mim.

E enquanto tocava, resolvi me fixar na Júlia e comecei a inventar qualidades que ela não tinha.

Criei uma Júlia mais feminina, mais delicada e misteriosa, muito superior à real, mas se num momento da minha mais exaltada fantasia ela se materializasse naquela sala, não seria para me devolver a impressão de que tudo estava em seus devidos lugares, mas para dizer com certeza alguma coisa irrelevante.

(Eu já disse que a Júlia tinha uma voz infantil?)

Está bem, você vai me perguntar por que eu tinha começado a namorar a Júlia.

E eu vou dar uma resposta bem franca: a galera toda estava a fim dela, inclusive o Rubinho.

O fato de ter sido o escolhido me fazia sentir poderoso, mas eu era obrigado a reconhecer: estava de saco cheio.

Não queria mais a Júlia nem nenhuma outra mulher. Queria alguma coisa que não conseguia definir.

Ir embora. Cair na estrada. Mudar de país.

Sim. Talvez a solução fosse levantar-me e fugir imediatamente, deixando suspensa a canção, e Hilde de boca aberta, congelada.

— Assim não! — disse a ela, interrompendo a música.

— Por que não se desarma, não se entrega, como ontem? — perguntou ela, com a mão no meu ombro.

Então, num impulso, inclinei a cabeça para reter sua mão junto à curva do meu pescoço mais um tempo.

Você entendeu a minha confusão?

Numa hora, tinha vontade de sair correndo. Noutra, tinha vontade de ficar. E mais: de ser acariciado por ela.

— Bonita a sua namorada — disse ela.

— Hum-hum... — concordei. E reiniciamos a canção.

Se eu fosse embora, iria sempre me lembrar desse momento e morreria de saudades da estrela.

— Ia fazer muito bem a você uma temporada no exterior — disse ela.

— Não tenho dinheiro.

— Arranje uma bolsa.

— Aonde? E para estudar o quê? Piano ou Direito?

— Composição.

— Eu não tenho nenhuma chance de conseguir uma bolsa no estrangeiro.

— Tenho boas relações.

— Não sei.

— Quando souber, me avise.

— Vou pensar no assunto.

— É sua a decisão.

— É bom que seja, porque às vezes acho que você está controlando a minha vida. Vai pra lá, vem pra cá, faz isso, faz aquilo, não faça isso.

— Você só tem essa impressão porque vive ao sabor do vento.

— Por que me faz sentir um idiota?

— Porque de vez em quando você se comporta assim.

— Eu vou embora! — decidi. E levantei-me, ofendido.

— Ficou melindrado porque sugeri uma bolsa no exterior?

— A solução, obviamente, é eu me mandar para o estrangeiro.

— A solução é você olhar em todas as direções.

— Você olhou?

— Não — disse ela.

E deu nosso trabalho por encerrado. Estava esperando outra pessoa.

Eu achei que era desculpa para me mandar embora.

Mas afinal não era isso que eu queria?

Foi nessa época que eu comecei a visitar minha avó.

Achava que, se a gente ficasse mais íntimo, eu podia compreender melhor uma pessoa mais velha; mas, além da idade, ela não tinha nada em comum com a Hilde. Aliás, Hilde não tinha a ver com ninguém, e tentar desvendá-la através da minha avó era uma grande cagada.

— A senhora teve algum homem além do vovô? — perguntei.

— Você não me insulte!!! — respondeu ela, gritando.

— Não perguntei por mal.

— Lamento dizer, mas a culpa de tudo isso é dos seus pais, que são muito frouxos com você!

Onde é que eu estava com a cabeça ao imaginar que ela pudesse algum dia na vida cair em tentação?

Ela, que controlava tudo e não visitava ninguém.

Ela, que dava opinião em casamentos e inventários.

Ela, que educara minha mãe e meus tios com mão de ferro.

Ela, que vivia dizendo "antes só do que mal acompanhada".

Imagine se ela poderia ter transado com alguém que não fosse o marido.

Eu era um idiota perfeito.

Dentro do biscoito chinês, Júlia encontrou o seguinte pensamento: "A felicidade só é oferecida uma vez."

Não sei por que, mas achei que de alguma forma tinha a ver comigo.

E me vi acrescentando à frase: "O efeito da sua negação é irreversível."

— Hilde quer que eu vá estudar composição no estrangeiro — disse eu a Júlia, que ainda não sabia da nudez, do jogo de sedução e das investidas.

— E eu, como é que fico? E a banda?

— A gente arranja outro tecladista — argumentou o Cachorrão.

— Eu ainda não sei se vou! — esclareci.

— Você só não vai se for muito burro! — disse Rubinho.

— Eu não estou gostando nada dessa fulana ficar mandando em você! — disse Júlia, irritada.

— Ela não manda em mim! — gritei. — Só está querendo que eu me dê bem.

— E tem que ser no estrangeiro?

— Por que você não vai com ele? — perguntou o Cachorrão.

— Não sei se ele quer — respondeu Júlia, amuada.

A última coisa que me passava pela cabeça era viajar com a Júlia.

Não suportava mais a voz, o cheiro, o visual, a postura, compreende?

— Melhor eu seguir meu caminho, e você o seu — falei.

— Você está me dispensando, porra? — gritou ela, pra todo mundo ouvir.

— Só estou achando que tá na hora da gente dar um tempo.

Foi eu dizer isso e ela jogar o copo de cerveja no meu rosto e sair do bar pisando nos calcanhares.

Enquanto eu enxugava o rosto com uma pilha de guardanapos de papel, o Cachorrão perguntou:

— No caso de você ir para o estrangeiro, posso ir na casa da velha oferecer meus serviços de pianista?

O pai do Rubinho costumava dizer que o Cachorrão era um pragmático.

Quando a Hilde me disse na véspera que estava esperando uma pessoa, não acreditei.

Nunca tinha visto ninguém na casa dela, nenhum

parente ou amigo, nem empregada doméstica. Nem sequer faxineira.

Então, quando entrei no jardim e a vi se despedindo de um sujeito, imaginei o quê? Que ele fosse corretor de imóveis ou algum tipo de vendedor. Mas não era. Se fosse, teria sido mais simpático quando passou por mim.

E ela não estaria tão bem disposta.

— Quem era? — perguntei.

— Tem certeza de que quer saber?

— É assim tão arriscado?

— Às vezes pode ser.

A garrafa de champanhe vazia e as duas taças sobre o piano denunciavam intimidade. O que teriam celebrado?

— Conhece esta música? — perguntou ela, abrindo uma partitura. — Aposto que não. — "All my tomorrows". Tem uma letra belíssima.

— Afinal, quem é o sujeito que saiu daqui? — insisti.

— Um cara que presta serviços sexuais.

— Você está dizendo que pagou para...

— Você não paga para ir ao cinema, por um bom jantar? Por que o sexo tem que ser de graça?

— Você não precisa pagar para um homem transar com você!

— Não é tão degradante quanto você está pensando!

— Você não consegue uma transa com alguém que esteja sinceramente interessado em você?

— Com quem, por exemplo? — perguntou sacana.

— Comigo — respondi de supetão.

Ela olhou para mim e sorriu daquele jeito que já falei:

— E que mais você tem para me dar além de uma transa?

(Será que ela queria minha alma?)

— Estou só falando de transa. Mais nada — respondi.

— Acho que prefiro trabalhar! — disse ela.

Discretamente, olhei para o relógio e calculei o tempo que ainda me separava da vida lá fora. Uma hora e cinqüenta e cinco minutos.

Ela tinha começado a cantar, mas eu não estava nem aí para as palavras da canção.

Pensava no puto, e na estrela que achava tudo muito natural.

Por que o sexo tem que ser de graça, se a maior parte das coisas não é?

E eu ali disponível. (O que ela queria mais?)

— Você está fora de compasso — disse ela, pousando a mão no meu ombro.

Estremeci imediatamente e fiz um movimento para me esquivar.

Ao mesmo tempo, pensava que talvez fosse melhor ser gentil e aceitar aquele contato.

Você entende?

Não era simples decidir sobre a melhor atitude a adotar.

— Relaxe — disse ela.

— Estou relaxado.

— Você está tenso e desconfortável.

— Você nunca fica tensa, porra?

— Quando estou com medo.

— Você disse que não sentia medo.

— Não sinto o seu tipo de medo. Mas sinto outros.

— Sabe qual o nosso problema, Hilde? Nós somos muito diferentes.

— Ainda bem.

— Eu queria que você se sentisse à vontade para arrumar outro pianista.

— É isso que você quer?

— Não.

(Quer dizer: eu queria e não queria.)

Então ela sorriu e recomeçou a canção.

Como se nada tivesse acontecido, entendeu?

Enquanto tocava, eu olhava para os cartazes na parede e me dava conta de que o alemão era para mim uma língua tão indecifrável quanto ela.

— Por que você foi embora do Brasil? — perguntei.

— Por causa de um homem.

— Algum desses?

— Ele não ia deixar-se fotografar ao meu lado. Era um diplomata, casado. A gente se conheceu no Rio de Janeiro, logo no início da minha carreira. A mulher dele estava fora da cidade com a família. O início foi clássico: ele me mandou flores e um cartão galante. Foi o começo de um intenso romance banal. Tomávamos champanhe à luz de velas, dançávamos foxtrotes de rosto colado e ele sussurrava "diga que nunca vou te deixar, nunca..." E eu respondia: "nunca, nunca..." Promessas sinceras, mas as palavras, você sabe, só têm importância no momento em que são ditas. A esposa era filha de um político importante, que tratou de lhe arranjar um posto em Genebra. Eu embarquei atrás dele uma semana depois. Naturalmente, foi um grande encontro: ele se emocionou, chorou, jurou amor eterno, mas era evidente que estava assustado. E saiu da minha vida como entrara: com flores e um cartão. Em resumo: nada muito original.

— A paixão tem que ser original?

— Não há nada muito original na paixão. As pessoas quase sempre fazem e dizem as mesmas coisas. Com pequenas variações.

— Em resumo: a paixão é perda de tempo.

— Perda de tempo é viver sem paixão.

— Você ainda se apaixona?

— O que você acha?

— Você por acaso está apaixonada por mim?

— Interessada.

— Sexualmente? — arrisquei.

— Também.

— Então por que não quer transar comigo?

— Você não entendeu nada.

(Era ou não era para enlouquecer?)

Eu estava aterrorizado com as coisas que Hilde dizia e fazia.

Tinha algum sentido ela dizer que estava interessada sexualmente em mim e pagar um puto para trepar com ela?

Mas se eu dissesse que ela era maluca, sua resposta seria desconcertante, ou pior: mais uma vez eu iria me sentir um idiota.

A verdade é que eu não tinha argumentos.

Ela sempre ficava com a última palavra, a última gargalhada, o último olhar complacente.

(E eu ainda me atrevia a oferecer meus serviços sexuais.)

Do jeito como ela me tratava, eu broxaria na hora.

Embora nunca tivesse tido com a Júlia problemas de ereção. (Nem com ela nem com nenhuma outra mulher).

Mas também era a primeira vez que me deparava com uma louca.

Talvez nem fosse real.

É isso aí. Eu estava começando a duvidar que alguém pudesse ser daquela maneira.

Naquela noite, o Rubinho disse que ela era uma atriz contratada pelos meus pais, com a finalidade de me mandar para a Europa estudar.

— O velho não iria nunca aceitar que eu fosse estudar música.

— É assim: você começa com a música. Não dá certo. E nunca dá certo porque os gringos sempre são melhores. Menos na percussão. Tecladista está ferrado. Aí você faz o quê? Resolve mudar para a música erudita.

— Meu negócio é composição.

— A concorrência é muito maior. Resumo: você enfia o rabo entre as pernas e volta a estudar Direito como queria teu velho.

— Na Europa?

— Por que não?

A teoria de Rubinho era muito barroca para o meu gosto. Meu velho não ficava dando voltas: era curto e grosso.

E pagar uma atriz velha para quê, se minha avó estava disponível?

Era mais ou menos da idade da estrela, o corpo já estava meio castigado, mas ela toparia trabalhar de graça.

Porém, eu não descartava a premissa do Rubinho: era bem provável que Hilde fosse uma atriz.

(Mas quem diabo estaria lhe pagando para me atazanar a vida?)

— E o piano? A doação continua valendo? — perguntei no dia seguinte.

— E por que não continuaria?

— Não faz muito sentido você me dar um piano e ao mesmo tempo querer que eu vá para o exterior. A menos que ache que eu devo ir com ele.

— Sabe qual é o seu problema? O pensamento binário. Sabe que existem mil e uma possibilidades entre o sim e o não?

Que vontade de mandá-la à merda e voltar pra casa dos meus pais.

Sim, dedicaria minha vida ao ministério público, como queria o velho.

Nesse meio tempo, talvez até casasse com Júlia.

Ou reformularia minha carreira, largaria o conjunto e partiria para a Austrália. Austrália ou Nova Zelândia. Quanto mais longe dela, melhor.

— Eu não preciso do seu piano. Ele é todo seu — reagi, melindrado.

— Não seja tolo! Um dia você vai me agradecer por tê-lo dado a você. Talvez esse piano mude sua vida. E se resolver não ficar com ele, venda-o! Ele pode ser o ponto de partida para essa viagem que você quer fazer.

— Eu não quero viajar. Quem quer é você.

— Pensei que você estivesse pensando em ir para a Austrália.

Foi assim: olhei pela janela e vi no jardim um gato se preparando para dar um bote num sabiá.

Quer saber o que fiz?

Levantei e fui embora, deixando em cima do piano o envelope com meus honorários.

A mim ela não ia devorar.

Bem, isso foi o que pensei naquele hora, mas a grana ia fazer falta.

E o Rubinho, claro, achou uma cagada.

Lá pela meia-noite, eu também estava começando a concordar com ele.

É que depois do ensaio a galera foi comer pizza, e eu fui para casa. E não há nada pior para baixar meu gás que uma sopa de pacote.

Como se não bastasse, a Júlia não tinha me dirigido a palavra.

Lá pelas tantas, me convenci de que a Hilde tinha razão com aquela história de pensamento binário:

não é que eu fosse burro, mas não estava usando como devia minha capacidade cerebral.

Saíra de casa porque não agüentava as ranhetices do meu pai, mas estava ficando cada vez mais parecido com ele. Nossa diferença era só no visual.

Pensa que foi fácil chegar a essa conclusão?

Isso ocasionou a primeira insônia da minha vida.

Amanheci deitado no chão da sala, a boca seca, tenso e alarmado, porque a imagem da estrela me assaltara a noite inteira.

A conta de luz atrasada foi o derradeiro argumento para eu voltar.

E voltei falando grosso:

— Vamos combinar uma coisa: nunca mais me chame de tolo, entendeu?

Ela sorriu e me estendeu uma taça de champanhe. A garrafa estava mergulhada no gelo, esperando por mim.

— Alegra-me que você tenha resolvido a seu favor.

— Sou profissional — respondi seco, sufocando a vontade de lhe dizer que tinha morrido de saudades.

Durante a minha insônia, ela me aparecia rindo, cantando, mostrando as pernas, abrindo as coxas, oferecendo-se em cima do piano. Eram *flashes* rápidos, fragmentados, um clipe insuportável que não saíra da minha cabeça a madrugada toda.

E quando liguei a televisão na tentativa de me livrar dessa obsessão, adivinha quem estava no vídeo? Hilde, olhando pra mim e deitando falação:

— Insuportável é passar pela vida com medo de conhecer o céu e o inferno, a alternância de sonho e pesadelo, num momento flutuar no êxtase e noutro mergulhar no mais profundo abismo da desilusão.

Ela diria uma coisa dessas? Acho que não. Mas juro que era Hilde dizendo isso no programa da Marília Gabriela. Claro que eu tinha que perguntar:

— Você deu alguma entrevista recentemente?

— Não sou assim tão célebre, meu rapaz.

— Um dia você disse que a dor não serve para nada — comecei.

— Não fiz o elogio da dor, mas da intensidade. A dor só vem depois e realmente não serve para nada.

E enquanto ela falava, cravei os dedos nos braços da poltrona e comecei a vê-la em cima do piano totalmente nua.

Eu suava frio, rilhava os dentes e recitava mentalmente alíneas do código penal para sufocar o tesão.

Eu vivia dizendo que Hilde era louca, mas quem estava enlouquecendo era eu.

Ela cantava "More than you know", mas eu não a escutava.

Fixava minha atenção nos homens das fotos, que tinham criado vida.

É o que você está ouvindo. Eles sorriam, gargalhavam, me olhavam, superiores. Aqueles filhos da puta estavam se divertindo à minha custa.

Principalmente o irmão.

Com tantos machos na terra, ela foi para a cama com o irmão.

E eu tinha que aceitar o fato sem escândalo, ou seria chamado de "convencional".

Sabe do que eu tinha vontade?

De voltar a ser criança. É. Tinha vontade de retroceder, de voltar ao tempo em que obedecia a meu pai. Porque a estrela me obrigava a seguir para a frente e com ela a vida não tinha pique: tornara-se desconfortável, absurda, escapara do meu controle como um pesadelo.

(É claro que nem sempre era um pesadelo. Se fosse, não teria voltado.)

— Como é transar com um puto? — perguntei.

— É rápido.

— É como transar com uma puta?

— Não sei, nunca transei com mulher.

— Estou me expressando mal.

— Tente perguntar o que realmente quer saber.

— Por que não transa comigo?

— Se você insiste.

Eu não estava preparado para isso, embora quisesse muito.

— Onde você quer fazer amor? Aqui, no andar superior, na cozinha...?

— No seu quarto — respondi.

— Você na frente — disse ela, divertida, indicando as escadas.

Por que eu não tinha ficado quieto? Como se não bastasse o nervosismo, experimentava também o sentimento de incompetência. Era evidente que eu estava fazendo tudo errado. No segundo degrau, me dei conta de que qualquer fulano experiente teria apanhado o champanhe e as duas taças, ou a levaria para cima no colo, esse tipo de coisa que a gente vê nos filmes e que pelo menos ali sempre funcionam.

Mas eu não era tão forte, nem a estrela tão leve.

Eu jamais conseguiria subir com ela em meus braços com a virilidade do Schwarzenegger.

E se eu voltasse para pegar a garrafa, ela podia achar que eu tinha mudado de idéia.

— Desistiu? — perguntou ela quando hesitei.

— Não — respondi veemente, supondo que o timbre ácido da minha voz fosse capaz de deter o pavor que tomava conta de mim a cada degrau.

Então Hilde passou à minha frente, rapidinho, e eu segui atrás dela, com a respiração ofegante, os olhos no vestido Schiaparelli cuja saia ela levantava pra não tropeçar.

A visão de suas nádegas me deixou imediatamente excitado, e agradeci aos céus a facilidade da ereção. Mas quando entrei no quarto, ela acabou.

Fiquei acachapado pela quantidade de espelhos que multiplicavam minha imagem de garoto assustado.

— Gosta? — perguntou Hilde, com um sorrisinho safado.

— Muito bonito.

(Na verdade, a resposta deveria ter sido: apavorante.)

— Fique à vontade — disse ela, entrando no banheiro.

Pelo menos, deduzi que fosse, quando a estrela desapareceu por entre uma daquelas portas espelhadas.

O único móvel era uma grande cama coberta por uma colcha branca de tecido brilhante.

Sentei-me na ponta e me perguntei qual seria o próximo passo. Tirar a roupa e esperar por ela recostado na cama ou esperar que ela fizesse isso?

E se ela voltasse nua do banheiro e me perguntasse o que ainda estava fazendo vestido?

O que você faria? Comecei tirando os sapatos.

Tem coisa mais ridícula de que homem de cueca e meia?

Quando resolvi ficar descalço e me vi no espelho, me senti um perfeito babaca. Então tirei as calças e a camiseta e me enfiei embaixo dos lençóis, calculando mal a responsabilidade dessa atitude.

Minha desenvoltura sugeria uma enorme segurança, mas eu duvidava que pudesse ter outra ereção. Tenso, comecei a me masturbar olhando para minha ansiedade no teto de espelhos.

(Será que o puto tinha feito a mesma coisa? Será que ela precisava de espelhos para se excitar?)

De qualquer maneira, era muita ousadia. Minha avó jamais teria um quarto assim, nem minha mãe.

(Embora eu soubesse que de vez em quando ela ia a motéis com meu pai.)

Mas uma tal quantidade de espelhos revelava, além do gosto pela devassidão, um grande narcisismo, e mais: uma autoconfiança avassaladora.

Está certo que o corpo era magnífico, mas o rosto tinha a idade dela.

Era quase impossível transar olhando para ela, a menos que se apagasse a luz. Ou se lhe colocasse uma almofada na cara, como sugerira o Rubinho.

— E se ela morrer asfixiada?

— Não precisa calcar! Eu faço isso toda vez que trepo com uma mocréia!

Eu não me imaginava pondo um travesseiro na cara de Hilde, nem acredito que ela aceitasse uma tal falta de gentileza. De resto, era só fechar os olhos e imaginar que ela ainda era a linda dama do retrato.

O problema é que tudo aquilo já parecia muito complicado antes mesmo de começar. Eu nunca tinha ficado tão nervoso com uma mulher.

Não que não tivesse me cagado antes da minha primeira trepada. Mas a fulana era profissional: quanto mais rápido terminasse, melhor; eu não tinha que ficar fazendo cerimônia.

Com a Júlia e as outras, sempre fora tranqüilo. O pau levantava, ela abria as pernas e pronto.

Às vezes a gente transava no chuveiro, no chão da sala, ela vinha por cima ou eu por trás.

Quer dizer, sexo anal a Júlia nunca deixou fazer. Dizia que machucava. Como quase todas as mulheres.

A única que deixou, no fim também se queixou de que doía.

Era por isso que o Cachorrão gostava de transar com travesti.

Quando a estrela entrou, eu estava pronto; a manipulação tinha funcionado, e não havia tempo a perder.

A estratégia era avançar sobre ela, virá-la de bruços, morder-lhe o traseiro e deixar que a natureza se encarregasse do resto.

— O negócio é botar a mina de quatro, para ela saber quem vai apitar — aconselhava o Rubinho, que gostava de agarrar as pernas da mulher e conduzi-la pelo quarto como um carrinho de mão.

Eu não me via fazendo isso com ninguém, muito menos com Hilde, mas ela precisava sentir quem mandava ali.

Assim, tão logo ela se aproximou da cama, fui logo lhe arrancando a roupa e joguei-a na cama, e antes que ela tivesse tempo de pensar, virei-a de bruços. Meu objetivo era penetrá-la o mais rápido possível antes que ela fizesse ou dissesse alguma coisa capaz de implodir aquela magnífica ereção. No entanto, ela estava muito quieta.

Aliás, estava totalmente impassível, enquanto eu gemia atrás de sua nuca.

(Mas não ia parar para saber se ela estava gostando; continuei bombeando até acabar dentro dela.)

— Terminou? — disse ela, afastando-se.

— Hum-hum — respondi, exausto, mas aliviado.

— Você gozou?

— Não. E você também não.

— Espera aí! Eu posso provar!

— Provar o quê? Que teve uma ejaculação? E daí?

— Só falta você dizer que a gente não trepou!

— Eu não queria trepar. Queria fazer fazer amor.

— Eu estava com medo de broxar.

— Você estava com medo de olhar para mim.

— A primeira vez é sempre mais complicado.

— Isto não foi a primeira vez. Isto não foi nada — disse ela, levantando-se e saindo para o banheiro.

Eu achando que tinha sido um fodaço. E foi uma merda.

Como diria depois o Rubinho, a questão é a seguinte: homem quer uma coisa, e a mulher está esperando outra.

Um cara experiente entra no jogo da mina, dá uns beijinhos aqui, uns beliscões ali, cochicha uma letra de música-cuecão e dá o maior ibope, embora sua vontade seja chegar logo aos finalmentes.

Mas eu não tinha essa quilometragem, não conhecia músicas do gênero cuecão e estava ansioso para terminar.

Em resumo: não devia ter insistido para trepar. Era só olhar para ela e para mim. Uma mulher que podia ser minha avó, não fazia diferença que o corpo fosse jovem. Mais uns dez anos, estaria morta.

Não podia dar certo.

— O que é que eu fiz de errado? — perguntei quando ela saiu do banheiro.

— Tudo — disse ela.

Não sei se foi a tensão acumulada, a humilhação, a frustração, ou tudo isso junto. O fato é que comecei a chorar feito criança.

— Pare de se comportar como um adolescente!

— Eu não sou mais adolescente! — berrei.

— Tem certeza? — disse ela, me estendendo uma caixa de lenços de papel.

Eu estava com o rosto molhado, o nariz escorrendo, me sentindo um merda. Ela tinha razão: eu não passava de um moleque.

— Também não é o caso de desabar em pranto por causa de uma *performance* que deixou a desejar.

— E por acaso a *performance* do puto foi melhor?

— Muito melhor.

— Porque ele é profissional — respondi irritado. — Tá legal, eu sou um bosta. Mas por que não me diz como se faz, em vez de ficar me criticando?

— Comece olhando para você e para mim. Se for muito difícil, olhe para o espelho.

— Estou olhando.

— O que você vê?

— Um moço e uma velha — ousei.

— O que mais incomoda na velha?

— O rosto.

— A velhice — corrigiu ela.

— Seu corpo é muito jovem.

— Continue olhando para o espelho.

— Para você ou para mim? — perguntei.

— A escolha é sua.

Eu olhava para ela e para mim. Hilde sentada na cama, as costas aprumadas, os cabelos roxos, o roxo do robe tingindo os espelhos, e eu a seu lado condenado à visão dela.

Umas poucas palavras tinham sido suficientes para me reduzir à expressão mais simples.

Eu me sentia um anão broxa. Estava encolhido, acuado pela força gigantesca que emanava dela.

Hilde me esmagava não porque fosse mais velha, mas porque revelava a todo momento o meu lado tolo, imaturo, convencional.

Esse lado que imaginava ter deixado para trás no dia em que enfiei meia dúzia de coisas numa mochila e saí triunfante da casa dos meus pais.

— Você sabe muito pouco sobre você. E por isso sabe tão pouco sobre os outros — disse ela.

De maneiras diferentes, estávamos ressentidos um com outro. A distância entre nós parecia abrir-se imensa, infinita, envenenada.

— Em vez de ficar melindrado, devia pensar em tudo que aconteceu aqui.

— Você não disse se iria me ajudar.

— É isso que você quer?

— Eu sempre tenho que dizer tudo, porra?!

— Se quer alguma coisa, manifeste o que deseja claramente.

— Quando vou saber que estou pronto?

— Quando você enxergar nesse espelho um homem e uma mulher.

E foi assim que começou a minha instrução sexual.

A princípio, ficávamos nus um em frente ao outro, de pé ou sentados, nos acariciando suavemente. Durante dias, ela me obrigou a esse exercício de controle em que o toque era primordial.

Em voz baixa, ela sussurrava doces comandos.

Com o tempo, aprendi a subir minha mão pelas suas pernas e, com delicadeza, desvendar as dobras macias de seu sexo.

Também aprendi a saber quando ela queria ou não queria, quando estava pronta para me acolher.

Depois, foi o tempo dos jogos e máscaras.

Encenávamos nosso ato fingindo que éramos outras pessoas.

Fomos Fedra e Hipólito, Marguerite e Armand Duval, Tristão e Isolda, marido e mulher, amantes casados e amantes casuais, fizemos sexo real, virtual, passional, desempenhamos toda gama de personagens, alternando momentos doces e violentos.

Até que um dia eu propus:

— Eu sou o puto, e você a cliente.

— Não.

— Eu quero saber como você fez.

— Não — repetiu ela.

— Por que não? Vamos brincar, vai!

— Não seria brincadeira, mas curiosidade infantil.

— Admito. Estou curioso. Como é que você fez com ele?

— Você está começando a ter ciúme retrospectivo. E isso não é apenas inútil, mas mórbido.

Era verdade.

Eu queria saber como ela tinha feito amor com todos os homens, inclusive o irmão. E comecei pelo puto, para desarmá-la.

Mas ela foi mais rápida do que eu.

— Para que você quer saber como foi com o puto?

— Gostaria de saber se ele ainda é melhor que eu.

— Se você ainda tem esse tipo de preocupação, provavelmente ele é.

Quando um cara se liga numa mulher, tudo o que ele quer saber é se houve outro que lhe tenha dado mais prazer.

Pode ser uma preocupação infantil, mas a maioria dos homens tem essa curiosidade.

E os que dizem que não têm estão mentindo.

Porque quem nasce com um pau no meio das pernas vai sempre se preocupar que ele levante.

Eu queria que a Hilde me achasse o máximo. Não apenas o garanhão ou o fodaço, mas o cara que sabia das coisas.

E eu sabia de muitas coisas mas continuava ignorando outras.

E era uma tolice imaginar que conhecia aquela mulher.

Conhecia uma pequena parte, a mais ínfima (e possivelmente a menos importante) das que ela me permitia conhecer.

E quando eu tentava saber o que ela pensava ou o que tinha vivido, as respostas, em vez de elucidá-las, abriam novos mistérios.

— Como morreu seu irmão?

— Fuzilado numa dessas guerras.

— Onde.

— Nos Bálcãs.

Eu não sabia bem onde eram os Bálcãs, mas fiz que sim.

— Faz muito tempo?

— Foi no século passado — disse ela.

— Por que você resolveu ter um caso com ele?

— Essas coisas não se "resolvem". E realmente ele era especial.

— Original?

— Singular.

— É a mesma coisa — argumentei.

— Ele não era peculiar. Era extraordinário. Escrevia, pintava, fazia documentários, fotografava. E conseguia ser bom em todas essas atividades.

— Foi ele que pintou seu retrato? — perguntei.

— Esse e outros que dei, vendi e perdi.

— Não venda esse. Eu troco pelo piano.

— Por quê?

— Acho bonito. O rosto. O cabelo. O vestido de festa.

— Era assim que ele me via.

— Foi seu maior amor? — perguntei, referindo-me ao irmão.

— O maior amor daquele momento.

Aí, deitou-se na cama e disse:

— Venha.

Claro que eu fui.

Então ela agarrou minha nuca e aproximou meu rosto do dela. E aí você não sabe o que aconteceu: num segundo, vi a minha mãe, a minha tia, a minha avó, e a outra avó que morreu dizendo obscenidades.

O Rubinho estava certo: eu tinha surtado.

Só havia uma coisa a fazer: fechar os olhos. Mas a estrela disse:

— De olhos abertos.

Juro pra você: quando me debrucei sobre o rosto dela, não vi mais a velha, mas a fulana do retrato em cima da lareira.

Era ela mesma. Preparada para a grande festa.

O pior de tudo (pior?) é que eu não estava mais agüentando a galera.

Não tinha papo, compreende? Nem com o Rubinho.

Mas, pensando bem, o Rubinho sempre foi um babaca.

Se achava muito experiente, coisa e tal, mas era um merda com mulher.

Lá pelas tantas, parei de me abrir com ele. Preferi ficar na minha.

Não é que eu estivesse bem. Para falar a verdade, comecei a ficar esquisito.

Gostava de ficar sozinho para pensar na Hilde e repassar tudo que tinha sido dito e que tinha acontecido nos nossos encontros.

Às vezes ficava deprimido.

Às vezes me sentia suspenso como se tivesse perdido o chão.

Nada do que eu tinha desejado parecia valer a pena.

O pessoal da banda, então. A própria banda era uma merda.

Eu não agüentava a pose do vocalista, a grossura do Cachorrão, a pretensão do Rubinho e a voz da Júlia.

— E aí, *brother*? Como vai a velha?

Eu não era mais *brother* de ninguém, muito menos daqueles caras.

Mas de vez em quando sentia saudade deles e da época em que não enxergava os defeitos da galera.

— O que é que há, mano? Está se achando melhor que nós?

Não sei se era melhor, mas começava a ficar diferente.

— O que é que foi? Surtou?

Imagina se eles soubessem que eu tinha dado para falar sozinho.

Eu não estava louco. Eram palavras soltas, uma frase aqui, uma frase ali, compreende?

Também passei a me concentrar em coisas que sempre havia feito automaticamente.

Tipo abrir o chuveiro, colocar pasta na escova, fechar a geladeira.

As coisas mais simples exigiam um puta esforço de concentração.

É claro que toda vez que isso acontecia eu estava pensando na Hilde.

Às vezes eu fantasiava nós dois em Nova York.

E a gente se mantinha lá pajeando cachorros de luxo.

(Meu primo pagou a faculdade fazendo isso.)

Fantasiava também a reação do meu pai ao saber da Hilde e de como eu estava ganhando a vida: "Considero isso um verdadeiro insulto!"

Imagine um rapaz como eu, filho de desembargador, neto de nome de praça e de outros logradouros, levando cães para defecar na via pública.

Acho que foi mais ou menos nessa época que começaram a aparecer boatos sobre a Hilde, ou sobre uma mulher que se enquadrava perfeitamente na sua descrição. Começando pelos cabelos.

— Era uma fulana de cabelos roxos! — garantia o Rubinho, que tinha visto uma louca arrancando os vestidos no meio da rua.

— O vestido?

— Não, os vestidos — repetiu, no plural.

Ele estava saindo de uma loja de instrumentos musicais na Rua Teodoro Sampaio, quando viu uma velha tirando o vestido em plena calçada, na frente de todo mundo.

— Só que, embaixo do vestido que ela tirou, havia outro. Ela foi andando e lá pelas tantas resolveu tirar mais esse. E embaixo desse havia um terceiro.

— O que é que ela fazia com os vestidos que arrancava? — perguntou a Júlia.

— Dava pra esse pessoal que mora na rua.

— Não era mais fácil ter enfiado tudo numa sacola? — disse o Cachorrão. — Esquisito esse negócio da fulana botar um vestido em cima do outro e depois ir tirando pra dar pros mendigos.

— Acho que essa não era a intenção — disse o Rubinho.

— Ela devia estar com calor. Foi tirando um, foi tirando outro, e em vez de jogar no lixo resolveu dar pra quem estava precisando.

— Se estava com calor, por que se encheu de roupa? — perguntou a Júlia.

— Vai ver fazia frio quando ela saiu de casa — observou o Cachorrão.

— Quando está frio, a gente veste uma jaqueta, um casaco, um suéter. Não fica botando um vestido em cima do outro — argumentou a Júlia.

— Não é frio nem calor. A mulher é louca — disse o vocalista, definitivo.

— Essa história foi você que inventou, não é? — perguntei ao Rubinho.

— Se tá duvidando, vai lá na Teodoro e pergunta. Todo mundo viu a fulana tirar a roupa.

Não. Era invenção do Rubinho, ou devia ser outra mulher.

A idéia de que a *strip-teaser* da Rua Teodoro Sampaio pudesse ser Hilde era absurda.

Além do que, o estilo de seu guarda-roupa não se prestava a sobreposições. Ela só agiria dessa maneira em caso de vida ou morte.

Tipo precisar fugir às pressas levando no corpo o máximo de jóias e roupas, porque até uma pequena maleta poderia levantar suspeitas.

Tipo o que fizera a avó da Júlia quando fugiu da Áustria na Segunda Guerra Mundial.

Com uma avó tão legal, como é que a Júlia podia ser tão babaca?

Como eu estava dizendo, o Rubinho devia ter inventado essa história pra me encher o saco: a estrela jamais faria uma coisa dessas.

(Ou faria?)

A segunda história chegou a mim por vias insuspeitas: nada mais nada menos que meu tio médico que adora ópera.

O cenário era o Teatro Municipal durante uma apresentação de *La Traviata*. A soprano não era grande coisa, e, num determinado momento, sua interpretação começara a ser criticada por uma louca na platéia.

— Em altos brados. Uma senhora de idade, de cabelos pintados de roxo — explicou meu tio. — É claro que tinha razão, mas apartear a cantora em pleno ato? Em italiano?

(Esse meu tio sabe falar francês, inglês, italiano e alemão. Ele até que é um cara legal, mas só tem dois assuntos: neurologia e música lírica.)

— É preciso coragem — disse mamãe, admirada com o feito da mulher de cabelos roxos.

— E quando o regente a repreendeu, ela retrucou em francês — continuou meu tio. Aí começou o maior bate-boca entre os dois, no curso do qual a mulher o chamou de incompetente.

— Incompetente??!! — exclamou meu pai, horrorizado.

— E quando o maestro lhe pediu para se retirar, ela respondeu:

— *Après vous, monsieur.* (Que significa: Depois do senhor, meu senhor.)

— Ela não se intimidou com as vaias e apupos. Não. Continuou em seu lugar. E quando se reiniciou o espetáculo, e a soprano vacilou num trecho dificílimo, a senhora levantou-se e soltou a voz, no que foi delirantemente aplaudida, inclusive por mim.

A estrela podia ter protagonizado essa história?

Sim, podia.

E o que impediria uma mulher que aparteia um regente em plena função de tirar a roupa no meio da rua?

E de que me valeria saber que a Hilde era a protagonista dessas histórias?

Assim, em vez de proceder a uma averiguação, preferi propor que fôssemos para Nova York (omitindo, é claro, o *dog-sitting* que nos manteria lá).

— Nova York? — perguntou ela.

— Você disse que é um bom lugar para estudar música.

— Sim, mas é necessário que eu vá junto?

Confesso que sua reação me desapontou. Eu acreditava que ela estivesse tão ligada a mim, que uma separação seria insuportável.

Mas aparentemente só o seria para mim.

— Se você quer ir para Nova York, vá.

Na minha fantasia, não era isso que ela responderia. Mas, "sim, sim, vamos". E ambos fazíamos planos, já marcando a data de embarque e reservando as passagens.

— Que cara é essa? Está precisando de alguém para lhe fazer companhia? — perguntou ela.

— Estou. De você.

— Que tolice.

Eu odiava quando ela dizia "tolice". Odiava. Fazia eu me sentir um bosta.

— É tolice gostar de você?

— O que isso tem a ver com o fato de você ir para Nova York?

— Quando uma pessoa ama a outra, quer sempre ficar perto.

— Deve ser por isso que o amor se esgota tão rápido.

— Se você gostasse de mim de verdade.

— Gosto tanto que estou lhe oferecendo a liberdade.

O que é que a gente faz com a liberdade quando está apaixonado?

Tem coisa mais parecida com indiferença?

Eu não queria a liberdade. Queria passear com ela no Central Park.

(Com ou sem cachorros.)

A verdade é que, pela primeira vez na vida, eu estava apaixonado.

Queria ficar de mãos dadas, dizer tolices, fazer amor o tempo todo.

Principalmente agora que a simples evocação de sua voz, seu perfume ou a memória de meus dedos em sua pele bastavam para me deixar excitado.

Também podia ficar horas na banheira com ela, prolongando o tesão ao máximo, em longos exercícios de sacanagem.

Ou primícias, como ela chamava.

O sexo afinal não se restringia aos órgãos genitais. Nem à cabeça, como dizia meu tio médico.

Abrangia tudo: os cinco sentidos a serviço da libido, todos os membros compreendidos, inclusive os pés.

Você não tem idéia do que o dedão do pé pode fazer por uma mulher, e os pés dela podem fazer por você.

Entende agora por que é que tem tanto cara fixado em pé?

E as possibilidades dos seios dela, tanto nas partes côncavas como nas partes convexas?

A primeira coisa que você aprende é que os mamilos não se destinam apenas à sucção. Os seus e os dela.

E uma suave carícia de língua na auréola é mais potente que um filme de sacanagem.

E o umbigo? O monte de Vênus, a nuca, o joelho. O joelho, cara.

Principalmente quando ela está deitada, as pernas ligeiramente dobradas, e você lhe coloca a mão atrás dos joelhos, e ela, tensionando o músculo, o prende ali, numa sugestão de outras reentrâncias e tensões.

Mas não seria tão bom nem tão intenso se eu não estivesse apaixonado por ela.

Eu olhava nós dois refletidos nos espelhos e via um homem e uma mulher.

Não é que o amor seja cego. O amor transfigura.

A Hilde continuava sendo velha, mas eu via nela aquilo que queria ver.

Estava tudo certo. Tinha dado tudo certo.

Eu gostava dela. Ela gostava de mim.

A gente fazia amor o tempo todo.

Eu estava disposto a assumi-la, entrar na casa dos meus pais de braço dado com ela e apresentá-la aos velhos:

— Esta é a mulher que eu amo.

Mesmo correndo o risco de ela ser expulsa, e eu, internado.

Duas coisas acontecem quando a gente se apaixona:

Você fica ridículo, mas muito corajoso. Isso, porque é preciso uma boa dose de coragem para ser tão ridículo.

Imagine eu entrando com a Hilde num dia de almoço familiar e dizendo:

— Esta é a mulher etc.

O pessoal iria explodir numa gargalhada.

Pelo menos, até meu tio reconhecer a estrela como a mulher que aparteara a soprano e o regente.

Quanto mais real, mais ameaçadora.

Meu destino tinha sido inexoravelmente comprometido.

Primeiro pela música. Depois por uma velha.

— Como é que você pode dizer que ama uma anciã? — perguntaria meu pai.

— Você devia ver as pernas dela — eu ousaria responder.

Ou:

— O importante não é o corpo, é a alma.

Não, isso não. Pois, além de ser mentira, seria uma tremenda babaquice.

Mas como eu estava dizendo, eu estava pronto para assumir publicamente a Hilde como a mulher da minha vida. Fazendo planos de apresentá-la a todo mundo. Estava cagando para os comentários da minha família e as gozações do pessoal da banda.

Até porque, se a Hilde era capaz de encarar um regente e um teatro cheio, também seria capaz de, com duas palavras, colocar a galera em seu lugar. Talvez apenas uma bastasse. Ou, então, com a força de seu olhar.

(Já te falei do jeito dela olhar?)

Estou dando voltas para não chegar ao ponto decisivo que reduziu todas essas fantasias e especulações a uma grande tolice.

Elas partiam do pressuposto de que a estrela era minha.

Mais: que ela devia ser muito grata ao jovem que tinha se apaixonado por ela e estava disposto a enfrentar tudo e todos por sua causa.

Estava enganado.

Numa bela tarde, cheguei e encontrei a casa dela vazia.

Totalmente vazia, não. O piano ainda estava no meio da sala, e em cima do teclado uma passagem de ida para Nova York.

Nem uma carta, nem uma mensagem, nada. Só a passagem em meu nome.

A princípio, pensei que fosse uma brincadeira.

É claro que em algum momento a Hilde entraria na sala rindo às gargalhadas e acenando com a sua passagem na mão.

Mas chamei pelo seu nome e ninguém respondeu.

Móveis, cortinas, quadros, cartazes, porta-retratos, objetos, tudo tinha desaparecido. Só o piano continuava no lugar.

Também na cozinha não havia mais nada a não ser a marca dos móveis havia muito removidos nas paredes, armários cheirando a mofo e a torneira esborrifando água cor de ferrugem.

Sinais de ausência humana não de um dia, mas de semanas.

— Hilde! — berrei, correndo escada acima, e continuei gritando o nome dela, abrindo e fechando portas até chegar ao quarto de espelhos.

Então vi, sobre a cama, o retrato que ficava na parede da sala e que eu lhe tinha pedido.

E como ainda acreditava que ela estivesse escondida em algum canto, comecei a abrir os armários e a vasculhar no meio dos seus vestidos.

Sim, porque as roupas dela continuavam ali, peças de seda e cetim, macias ao tato, impregnadas do seu perfume.

Lá estavam o modelo Schiaparelli e todos os vestidos que ela usara desde que eu a tinha conhecido.

Ali estavam bolsas e bolsinhas, de pedras, veludo ou brocado, misturadas a leques e luvas.

No banheiro contíguo estava tudo normal: os vidros de perfume, os frascos de cristal, a toalha de banho ainda úmida.

E se ela estivesse esperando para entrar totalmente despida?

— Hilde! — chamei.

Era provável que ela tivesse saído para preparar a nossa viagem, pensei. Depois de esperar que ela aparecesse por um tempo que me pareceu infinito, peguei o retrato dela e desci as escadas.

Foi então que percebi que atrás do quadro havia uma mensagem.

Não uma carta, mas um bilhete sucinto onde estava escrito: *desfrute.*

E no verso o nome e o telefone de um professor de composição em Nova York.

Ainda bem que não joguei fora, porque agora posso mostrar a você e provar que não inventei esta história nem estou pirado.

O piano, vendi, mas a tela, dobrei e levei-a comigo na viagem. Ficava na parede em frente à minha cama, e quando olhava para ela, a Hilde estava sorrindo para mim.

Você também está duvidando desta história, não é?

— Não, continua.

Aí, um dia cheguei ao quarto, olhei para o quadro, e o que vi?

A estrela nua e a minha imagem refletida no espelho atrás dela.

Você acredita numa coisa dessas? De repente eu estava lá, olhando para ela. Era como se a vida inteira fizesse parte do quadro, você entende?

— Entendo. Fui eu que pintei.

— Você?

— Eu sou o irmão que morreu nos Bálcãs.

(Mais um que não acreditou na minha história.)

E no entanto eu juro: foi tudo verdade.

Este livro foi composto na tipologia Minion, em corpo 12.5/17,
e impresso em papel chamois bulk $90g/m^2$
no Sistema Cameron da Divisão Gráfica da Distribuidora Record